王雪娃 著

送歸鴻

王雪娃词画集

岳麓書社

王雪娃

文学硕士，出生于一九七一年，金牛座。代表作有长篇小说《无色玫瑰》〔作家出版社〕、《菩提花开——一位女作家的禅修心语》〔九州出版社〕。同时出版过长篇小说《皈心》、诗集《爱在人间四月天》及学术专著《中国烟文化史稿》等九部著作。人民日报、新华网、中国青年报、凤凰网、《中国作家》、《中华儿女》、新浪、搜狐等数十家媒体曾为其作过专访。

自序·紫烟一缕送归鸿

鸿雁，是忠贞之鸟。这是在我很小的时候，我的外祖母告诉我的！

那是一个白雪皑皑的冬天，我父亲的一个战友给我们家送来一只翅膀和双脚都被捆绑着的大鸟，说是要让我们冬天进补、品尝野味。我很新奇地用手摸摸鸟的羽毛，又轻轻触碰一下 鸟的头部，我看见鸟儿小小圆圆的眼睛里，笼罩着哀伤。我很怜惜地问这失去了自由的鸟儿：『你是很伤心吗？！』我蹲着用小手抚摸它：『被捆着，你痛吗？』我家阿姨跑过来，一把拧着那只大鸟：『水烧开了，把雁烫了拔毛，给你炖汤喝。』我哀求阿姨：『你看雁儿流泪了，放了它吧！』这时候，我的外祖母走了过来对阿姨说：『放了它！』外祖母给我讲述了一只鸿雁被猎人打死，另一只鸿雁坠地殒命的故事。外祖母讲着这个故事，解开了绳子，鸿雁就扑楞一下，在我家的屋顶盘旋了一会，便飞向了天空。鸿雁走了，每天要求我背古诗词的外祖母，又应景给我讲了许多关于『鸿雁』的诗词：『人生到处知何似？应似飞鸿踏雪泥。』『雁尽书难寄，愁多梦不成。』『雁声远过潇湘去，十二楼中月自明。』那时，我才五岁。好在外祖父在喊：『学珠算的时间到啦！』我才可以暂时逃离我最不喜欢的死记硬背。然而，古诗词及诗词格律，又是只能用心记、用心背的。

我的童年，就是在外祖母的古诗词、外祖父的珠算中度过的。

记得二〇一八年秋天，与几位好友出游南岳衡山，我们在山间小屋的露台上品茶饮酒。在这个星月朦胧的夜晚，天空似有鸿雁飞过，我似乎听到几声飞鸿轻浅的鸣唱声，同行的人也听到了。我说，这应该是两只飞鸿秋归南方飞行路过。因此，我说：『人生有若飞鸿，也是在不断地飞行与迁徙之中。』一位友人却说：『人的一生背负的东西太多，又怎能如鸿雁自由飞翔！？』我没有深究朋友话中的悲伤，而是一任内心对此情此景的欢喜泛滥，叙述了外祖母讲过的关于鸿雁是忠贞之鸟的故事，唱了小时候当儿歌唱的旧体诗词唱吟，并即兴在月光下作词朗诵：

蝶恋花·今何处

星满穹天弹玉露，酒色音禅，雁子飞合浦。明月清风词作舞，呢喃软语穿深户。

四月春风梳玉树，共醉高台，翘首双飞路。欲奏瑶琴谁与诉，献歌乍起今何处？

同行的好友小龙女说：『雪娃姐，我只知道你是写小说的，不料，你还会填词啊！』

我开心地说：『我还喜欢画画呢！』

也因南岳一行之后，我就陷入了关于诗情画意的臆想之中！我填词、画画，在填词、画画的过程中，我拾捡到了过去从未体验过的美好，同时也有焦虑，还有一丝丝牵绕心尖的疼痛。这种绝世唯美却牵心之疼痛来自填词！在填词的过程中，我迷恋上了纳兰容若，纳兰容若的绝世清奇与哀伤，也让我浸润其境而情不自禁……

好在与此同时，我还有油画为伴。如果说，填词会令人陷入诗境、沉迷其中而伤感忧虑，而画画所赋予我的却是无比的自在、放空与欢喜。这一年的创作过程，就是欢喜与伤感交织的过程。而创作中的我，也是在欢喜与伤感中度过的。我很庆幸，我拥有过这欢喜与疼痛交织的经历！就像一个心灵长期幽闭，却期盼谈一场绝世之恋的女子，终于懂得了这绝世之恋，不仅仅会有喜悦，同时也会有失落，甚至还会有锥心之痛！我沉浸于自设的，关于诗词的臆想！我臆想，纳兰容若如能横空出世，那我深藏于心的四个字『绝世清奇』就有了匹配之所在……

在我的书写中，无论是小说、散文还是旧体诗词，我一直执着于倡导，关乎家国、关乎民族、关乎男女之爱的至高纯净与永恒！我总认为，世界应该是有序、有情的，一如《大学·传》云：『为人君，止于仁；为人臣，止于敬；为人子，止于孝；为人父，止于慈；与国人交，止于信。』。《大学·传》所言的仁与敬的关系，孝与慈的关系，外交与诚信的关系，其实都源于『爱』——君民之爱、父子之爱、邻邦之爱，难道不是吗？

然而，却有人预言，未来的爱情会是明码标价，是工资、车价、房子、容貌、存款等一堆可量化的数据和指标的理性匹配，古人所描述的那种至死不渝的爱将不复存在，取而代之的是相互达成效益的最大化。但我总认为，当人类的灵性情感，彻底被人类所谓的物质文明所取代时，那将会是极为恐怖的！试想，人类没有了爱，那么，由物质量化匹配出来的婚姻会是有情吗？古人所言的君民、父子、邻邦的关系，会是有情吗？

我不知道我的诗词关于爱的纯净与坚守，是否能得到读者的认同，但我却希望人类特有的灵性之光，能够永存！

当《送归鸿》定稿时，我第一时间上到顶楼为我供奉的玉观音供香。香烟燃起的时候，星月满天照着露台，我似又见飞鸿掠过，亦如一年前的情景……

目送飞鸿的时候

月光来贺我的光亮

晨风拂面的时候

我的生命有了光

无尘

纯净

欢喜……

二〇一九年七月二十七日　完稿

目录

卷二 清影

卷三

如梦

卷四

送归鸿

飞　鸿　　50cm × 60cm / 油画

卷一 飞鸿

晨伴醉红霞，夜倚圆明月。
五蕴皆空不惹尘，心似流光玥。
飞鸿近，我心悦……

依 恋 60cm × 80cm / 油画

双双燕·画双鸿雁

夜阑缱绻，篆香织离愁，画双鸿雁。
犹如你我，执手夜行依恋。
聊慰孤心眷眷，月色浅、穿云度涧。
飞鸿画影娇嗔，泪洒罗衾团扇。
思念！清奇善面。
月可鉴君心，挚情彰显。
情长巾短，绣带至今难绾。
鸿雁来寻客栈，寄片羽、前生遗愿。
千里万里齐飞，比翼与君顾盼。

少年游·秋雁飞

金阳一缕照池塘，银杏叶儿黄。
荷香残烬，雁儿飞去，别过夏春光。
天高路远寒风冷，满目是秋霜。
雁字惊云，天书懊悔，回望紫丁香。

静　好　　60cm × 80cm / 油画

清平乐·谁解心头意

雁飞云逸，谁解心头意。
夜半醒来追梦忆，缱绻此情难寄。
梦回浅唱云低，路遥别梦依稀。
合掌对天默许，今生来世相依。

烛影摇红·今生何羡

初雪烟虹，月浮水梦斜阳浅。
风清吹拂黛眉欢，羞涩星眸转。
水畔芦花乍现，月朦胧、平湖雪漫。
与君牵手，喜笑颜开，心安倚恋。

酒盏摇红，古风雅咏词清婉。
朱门琼玉笑开颜，今夜天高远。
星月流光照影，喜盈盈、凭栏醉眼。
夜风私语，细语缠绵，今生何羡？

传说，七夕天上会出现星桥，填词一首应景。

采桑子·喜鹊来

推窗翘望星云海，露浥香腮。
弦月高抬，相会星桥喜鹊来。
七夕披月朝天拜，君戴星来。
赠我金钗，岁岁今宵梦入怀。

自　在　　60cm × 80cm / 油画

卜算子·自在

昼伴醉红霞，夜倚圆明月。
五蕴皆空不惹尘，心似流光玥。
心净去尢明，身定神清澈。
乱世纷争我不闻，自在心和悦。

蝶恋花·今夕何处

星满穹天弹玉露，酒色音禅，雁子飞合浦。
明月清风词作舞，呢喃软语穿深户。
四月春风梳玉树，共醉高台，翘首双飞路。
欲奏瑶琴谁与诉，献歌乍起今何处？

暗香·绝尘醉

玉壶隐月，醉饮秋夜色，词章盈箧。
墨砚浅吟，玉影清奇太虚澈。
听夜风萧瑟瑟，谁与我、知心同悦？
叹只叹、世事尘泥，天黯我心澈。

心瞰，月上玥。
照见玉宇空，泪浸宫阙。
夜长昼短，终是孤单影将灭。
知己瑶池渺渺，休再盼、双双琴瑟。
把酒笑、倾月色，抱琴沐雪。

太　虚　　80cm × 60cm / 油画

天香·太空虚静

混沌初开，晨光远照，大地阴阳相倚。
月隐霞飞，彩云织锦，善恶皆由心起。
蓦然云蔽，雷震响、了无踪迹。
安候天开雾去，窗前坐观天霁。
茫茫太虚幻异，雾朦胧、漫无边际。
无我真如境造，坎离相济，天地云蒸紫气。
道生道、三生万灵益，六念云兴，归鸿际会。

天香·凤于飞

时代迎新，云蒸紫气，震动瑶池天际。
日月星辰，风雷雨雪，共敬炎黄先帝。
凤鸣清丽，云水起、信天游历。
疆土安民乐业，光芒照祥天地。

天澄澈肥沃地，凤于飞，羽飞云逸。
天上云霞共喜，孽妖惊退，同庆乾坤美意。
凤翎展，惊鸿舞轻丽，近访云天，平压鬼魅。

洞仙歌·清气祥和

妙斋独坐，远看烟云境。

词赋华章对天颂，赞神州、满目清气祥和。

旌旗立，一揽瑶池仙众。

看东来紫气，天显虹光，霞蔚云蒸众星拱。

玉宇喜连连，溢满人间。

人天悦、万民齐诵，盛世太平华夏山河！

日月照乾坤，九洲同庆。

山　河　　40cm × 50cm / 油画

和　美　　50cm × 60cm / 油画

卷二 清影

良夜好天且莫问，它日事，旧时鸿。
晶樽玉液泛珠红，两相拥，漫初衷。
清风明月如水、是贞忠。

晨　雀　　60cm × 50cm / 油画

满庭芳·无语托飞鸿

古寺禅林，林间新叶，嫩叶辉映花琼。
露珠光闪，禅意染晨风。
昨夜烟云梦雨，终消散、存念心中！
它年事，去来休问，耳畔响鸣钟。

从容，别过往，心离挂碍，五蕴皆空。
点明世间灯，扫却尘蒙。
彻照八荒四海，共化育、日映花红。
休惊扰，远山紫郡，无语托飞鸿。

临江仙·无奈叹江湖

善念有知冰雪冷，窗前挂满冰珠。
醒来又展旧时书。
冷风吹化，砚墨紫冰瘤。
笔墨也知心事重，填词半阕模糊。
篱墙隔断两相忧。
一生牵念，无奈叹江湖。

归　巢　　50cm × 60cm / 油画

摊破浣溪沙·暖非常

紫燕呢喃韵绕梁，丁香花穗逗纱窗。
风暖融融燕双抱，醉春光。
露水莫惊冰雪梦，词书存念墨生香。
归燕筑巢心喜悦，暖非常。

紫　萝　　60cm × 80cm / 油画

清平乐·神龟静养

神龟千岁，忍让谁心碎？
过往似烟一场戏，凭倚飘摇沉醉。
抬头不问东西，低头叩倒台矶。
忧乐事休关己，平生静养为宜。

蝶恋花·妆台睡

月在云天星凤戏。
照沏西楼，梦里鸳鸯醉。
人静夜阑风乍起，无眠又起相思意。
唯恐润和苔藓蔚。
眺望君回，随我相思喜。
最盼车轮声近莅，美人倦倚妆台睡。

摊破浣溪沙·小别

月桂中秋夜最香，天涯相望未成双。
魂梦牵萦月明夜，我心伤。

君曰莫愁山水远，心心相印地天长。
今日去来明日见，莫心慌。

秋　光　　40cm × 30cm / 油画

丁　香　50cm × 60cm / 油画

鹧鸪天·炊烟牵出月儿圆

又是春来瓜果鲜，耕夫织女醉炊烟。
木轮转动双飞翼，光照人间喜气欢。
情暖暖，意绵绵。炊烟牵起月儿圆。
茅庐虽小情相悦，牵手相依总是甜。

江城子·漫初衷

玉轮潜澈照天泓，暖迎风，喜相逢。
月光似水，美醉夜香风。
良夜好天花满院，金桂笑，牡丹红。
晶樽玉液泛珠红，两情浓，漫初衷。
誓言长恒如月、照天穹。
星醉月醺风煦暖，天豫悦，地和融。

二〇一八年八月二日

蝶恋花·晨曦惊动天边月

又是潇湘花醉夜。

星雪低吟，悸动窗前叶。

晨雀喳喳催梦客，鸳衾织锦含羞涩。

晓梦清歌传四野。

玉树琼花，一念三千界。

善念铭心天地悦，晨曦惊动天边月。

相　依　　40cm × 50cm / 油画

江城子·月儿柔

月圆夜冷照孤裘，夜清幽，是中秋。
低吟浅唱，心去月儿洲。
今夜星稀圆月冷，心念寂，泪双流。
玉轮旋转未停留，转一周，已无愁。
月儿洒照时候、最圆柔。
十六双双同赏月，花醉夜，已离忧。

二〇一八年九月二十五日

合　欢　　40cm × 50cm / 油画

附诗二首

古风·深山观止

山峦清，山月明。
古寺和香赞，梵音轻唱吟。
深山观止禅心悦，缁衣月下扶瑶琴。
自在歌升平，欢喜香炉静。
尘缘离心无牵绊，世间烟尘终难平。
怒嗔生起转佛轮，无明升时撞钟鸣。

七律·合欢花开

合欢月下美娇柔，树上蝉鸣韵唱幽，
万缕飞红花戴露，千丝织锦喜含羞。
盈峰五更花香暖，紫郡天明树影疏，
夜梦吉祥心念喜，晨风醉雪有香愁。

梅　兰　80cm × 60cm / 油画

卷三 如梦

秋夜箫吟谁羡，仙境天音突现。
昨日又今天，千古妙音难变。

银　天　　50cm × 40cm / 油画

如梦令·雪傲千山春色

雪傲千山春色，独恋词章平仄。
兴叹古城长，低唱浅吟一阕。
清澈，清澈，诗乐礼书琴瑟。

娇　妍　　50cm × 40cm / 油画

如梦令·雪夜抱琴酣睡

老酒一壶微醉，古画旧词新岁。
炉火映新妆，雪夜抱琴酣睡。
深邃，深邃，梦里水清山翠。

二〇一八年 除夕

栖　息　　60cm × 80cm / 油画

虞美人·画中雁

高山流水初相见，最是双飞雁。

清秋别后影疏桐，醉月归山孤寂画堂松。

文心织锦相思绽，泼墨花池岸。

画屏摇曳雁重逢，双雁翱翔飞入画荷丛。

人月圆·紫郡

月疏雾淡门楣浅，灯影戏离人。
一来一去，窗前月影，旧日眉痕！
独楼紫郡，月圆人散，夜夜深沉。
梅开几度，花红马瘦，梦里佳人。

紫　郡　　40cm × 50cm / 油画

人月圆·迎风

深闺为赋新词苦，顾影自歆唏。
珠帘卷起，草尖挂泪，秋寒孤篱。

月圆影只，迎风再铸，铁壁深闺。
新词旧念，低眉浅笑，紫色微曦。

迎　风　　50cm × 60cm / 油画

摊破浣溪沙·泪成行

雨打芭蕉夜已凉，流红花落任风飏。
迷梦惊心最清冷，我心伤。
纵使路边花易艳，不如王府画荷香。
心若死时无夙怨，泪成行。

清　莲　　60cm × 80cm / 油画

如梦令·任你又飞何处

风卷落花盈袖，雨打芭蕉人瘦。
古道骊歌寒，亭外曙光穿透。
无咎，无咎。任你又飞何处？

蜜　吻　　40cm × 30cm / 油画

渔歌子·渔妇笑

船入江心网起飞，丝纶钩上鳜鱼肥。
渔妇笑，浪花嘻，微风护送小船回。

渔　歌　　50cm × 60cm / 油画

如梦令·无意

雾罩水潭深寂，风点浮头飘逸。
独钓晓寒春，直钓引来鱼戏。
无意，无意，鱼跃水欢波碧。

江城子·为何慌

月高云淡雾茫茫，羡鸳鸯，共翱翔。
梅开几度，庭后野鸠藏。
信誓垢尘心念乱，情不再，渗心凉。
野鸠飞舞太张狂，扮凤凰，入厅堂。
欺人辱主，刺痛我心房。
君若赤诚心自在，何必乱？为何慌？

荷为贵　180cm × 90cm / 油画

荷为美　　40cm × 30cm / 油画

江城子·雨夜长

江南夜冷雨丝长，画荷塘，嗅荷香。
藕节寸断，段段是新伤。
伤里带丝丝万缕，割不断，绕心房。

碎裂、修补的过程，亦如人生。瓶口碎落两缺的瓷瓶终于修补完好，意外得知，这缺实为旧时缺裂修补过的。故填词记念。

浣溪沙·玉壶春

玉骨冰肌岁月华，白胎红釉浣溪沙，
缠枝莲是旧时花。
飞物撞开眉际月，痴心织补釉中霞，
玉壶春美梦无瑕。

桂花开了，星月洒照，满院花香，填首词记念吧。

如梦令·思念

情锁迎风别苑，金桂夜香清浅。
月色寄离情，呼唤远方归雁。
思念，思念，爱意喜盈眉眼。

二〇一八年十月二日

临江仙·山里好清凉

雾锁月朦山色浅，流星点缀银光。
夜听暮鼓话平常。
醍醐灌顶，新月换霓裳。
精舍茅庵非最好，宿居一夜何妨？
经文吟诵到天光。
晨钟鸣唱，山里好清凉。

祥 瑞　40cm × 50cm / 油画

如梦令·寒山箫吟

月下箫音谁羡，映照寒山天堑。
昨日又今天，千古妙音难变。
渐渐，渐渐，一曲洞箫明鉴。

福　叠　　40cm × 50cm / 油画

蝶恋花·江山和顺

锦绣清秋金硕果。
国庆来临，国泰民宽厚。
广纳善缘天下友，启开国运千秋寿。

天地悠悠环宇宙。
捷报频传，喜事年年有。
时代新乾坤在袖，江山固蒂根基厚。

二〇一九年十月一日

蝶恋花·孤芳蝶梦

最忆祝融山涧雨。
湿透罗裙，雾蔽关山路。
执手相随何去处，孤芳蝶梦知天助。

转瞬之间飞雪舞。
玉照冰轮，卷起飞花簇。
寒雪湿衣谁解语？金霞暖我心离苦。

二〇一八年七月二十二日

芙　蓉　　50cm × 40cm / 油画

江城子·花花花

雨来轻吻美娇花。
雨成花，润羞花。
春风春雨，滋润太阳花。
花映盈峰秋夜梦，花里梦，梦中花。

清平乐·小院满枝红枣

炊烟袅袅，喜鹊喳喳早。
紫郡迎风都是宝，小院满枝红枣。
佳儿剔枣炖汤，笑儿正煮甘棠。
最喜欢儿撒赖，与娘怼念争糖。

蝶恋花·长相守

深夜醒来君执手。
双目情柔，凝视生眉妩。
宛若安阳融入骨，月明映雪罗裙瘦。
持戒供香诚叩首。
盟誓三生，三世情恒久。
十里桃花花万簇，取来一朵长相守。

恋　花　　50cm × 40cm / 油画

忆王孙·晓春帆影醉桃红

晓春帆影醉桃红，江水悠然送暖风。

绕过礁石水棘丛。

与天同，花雨飞红谢天功。

醉　帆　　60cm × 50cm / 油画

荷　影　　40cm × 50cm / 油画

卷四 送归鸿

人间事，一来一去，梦醒送归鸿。

踏　浪　　60cm × 80cm / 油画

眉妩·雁归时

看门前花舞，雁子归来，回首细呢语。
浅浅低眉笑，丁香紫，团团围绕香墅。
雁回小筑，善念归，交颈欢舞。
最堪见、梦里离歌散，见时舔伤苦。

休问曾飞何处，遍体伤何故？梳理翎羽。
小筑欣欣意，迎风喜、丁香弥洒花雨。
再盟誓守，对对飞、休再辜负！
向阳笑千秋，归是雁之命宿。

清平乐·瞩目千秋

酒诗为伴，瞩目千秋乱。
退却尘泥无系绊，云卷云舒冉冉。
窗台结满泥丸，珠帘墨染香残。
不惹桃红花瓣，不沾柳絮枝弯。

献　歌　　40cm × 30cm / 油画

清平乐·天晚

暮光天晚，又是君行远。
紫色丁香花满院，沁透心房温暖。
月高射照珠帘，佛珠五指亲拈。
手转珠圆千万，日升月落花残。

菩萨蛮·平仄叹新愁

梦醒推却窗前雾，夜浓月淡萤虫舞。
平仄寄新愁，词牌托古忧。
借来窗下柳，一扫心头皱。
作赋谱春秋，填词绘九洲。

清平乐·雪

琼枝听晚，玉砌冰雕散。
雪照迎风心念暖，紫郡旧伤了断。
月明映雪凭栏，树枝玉化轻弯。
触动幽弦韵叹，词章华彩心安。

天香·飞隐

飞入丛林，青山夜照，庙宇清烟鸣鼓。
颂唱声声，香云袅袅，雾斩江湖山路。
展开天幕，星闪闪、翼开罗舞。
烟雾横林雨骤，惊闻凤鸣凄楚。

天知涅槃被负，翼伤残，泪河倾覆。
迁徙遭逢雨戏，入于江浦，湿透霓裳凤羽。
月沉水、黄粱梦之处，万念成空，盘旋遁去。

清平乐·暗香

梅开太晚，白雪寒风卷。
霜打娇红花落瓣，绝世清奇微浅。
冷风掠影轻弯，暗香浮动香残。
霜冻又遭雨戏，傲骄也惧冬寒。

馨　香　50cm × 40cm / 油画

天香·往后余生

往后余生，林泉隐匿，墨点花红云雨。
善念于心，天音欢喜，百转千回低语。
月沉西去，升紫气、畅怀心绪。
轻笑前尘往事，云浓雾浓无序。

庭前绿竹似玉，满楼星、月明天宇。
儿女成行逗我，笑谈无虑。
同享天伦乐趣，手牵手、浓情绕香墅。
两两相依，词章鼓舞。

天香·天益雪

万象银天，皑皑圣雪，利养含章齐礼。
美玉凝霜，潜龙勿动，隐忍和光天地。
静思深虑，藏秘妙、暖来风起。
凌傲千山艳色，长城似龙生翼。

风儿起云际会，巨龙吟、雪飞天倚。
天洒银花玉雪，紫光霞蔚，终是心安作喜。
看天相、乾坤永安逸，正义于心，灾消障退。

采桑子·冷自颐

去年紫郡天香梦。
一念清奇，冰雪相宜。
肠断今朝冷自颐。

今年小筑词心巧。
吟唱凄凄，孤影鸿仪。
无奈君心唤不回。

人月圆·紫色新阳

丁香报喜春来早，粒粒紫花香。
旧墙残断，云石再造，又满庭芳。
依依紫穗，迎风摇曳，醉我心房。
微凉紫郡，悄然淡去，紫色新阳。

蝶恋花·成追忆

小筑去年明月媚。
紫郡华文，撩我心香气。
一念秋来冰雪醉，月明映雪融融意。

秋尽冬来妖作祟。
万念成空，君被淫笛戏。
中蛊失魂君忘义，旧时美妙成追忆。

无　语　　60cm × 40cm / 油画

千秋岁·夙缘未了

野风吹碎，蝶梦庄周戏。千影乱，空悲泣。

青丝千缕断，驰念愁千岁。

君去远，再回你我红颜退。

小筑词心美，何必生离异。

迷梦醒，千秋废。

醒来休问我，乱梦因何起？

唯愿你，再别负我真实意。

满庭芳·送归鸿

一瞥惊鸿，去年小院，树影摇曳花琼。
紫烟缥缈，贤妇煮汤浓。
月送君来小筑，酌美酒，笑论鸿蒙。
天香夜，与君执手，花好月圆融。
心通，眉目展，轻言细语，执手相拥。
恨天妒情浓，睿智尘蒙。
扑面桃花片片，君心乱、我笑飞鸿。
人间事，一来一去，梦醒送归鸿。

昭君怨·笑秋风

雾枕高楼秋梦，窗外蜂飞蝶涌。
独自坐如钟，笑秋风。
烟锁心扉懵懂，雨打门楣不动。
旧梦识归鸿，靓姿容。

冠状病毒全球蔓延『窗外花红柳绿』却只能隔窗遥望。禁足百日，只能遐想自己是一自由儿郎，醉酒骑马入孤村，看落红花雨……

巫山一段云·我执烟云境

我执烟云境，无明水月痕。
酒酣骑马梦千寻，醉影入孤村。
云雨瑶姬泪，巫山郁化云。
落红失色再无春，细雨落黄昏。

花　马　　60cm × 80cm / 油画

二〇二〇年冠状病毒袭击武汉，武汉封城

破阵子·城开丽日辉

九界瘟神洒泪，汉阳历劫谁为。
毒造冠花侵骨体，黄鹤哀鸣向远飞，
泪流汉水悲。

破阵南山挂帅，闭城擒捉邪魁。
楚望台前峰火起，骑鹤华佗再世回，
城开丽日辉。

雨中听琴，若醉！七弦古琴曲，如柔光照心

醉花阴·照我瘦腰柔

古韵流光千万缕，穿透阴绵雨。
照我瘦腰柔，宛若飞鸿，跃上云端舞。

翩然摇曳霓裳羽，细雨湿清曲。
百转绕心扉，碎步千回，水袖传天语。

点绛唇·观惊雁

呖呖啾啾，靡音凄艳啼声浅。
草丛残雁，痴恋花红艳。
千鸟相争，互怼癫狂乱。
天高远，清醒思辨，晴雪观惊雁。

如梦令·花雨掩仙容

十里桃红灵动，淑女窈窕银凤。
花雨掩仙容，步步稳实珍重。
风动，花动，一路默吟梵诵。

桃花雨　　40cm × 30cm / 油画

落　红　　60cm × 50cm / 油画

后记

每一生命个体，都会在人生的旅途与山水相逢，与花草相遇……

我们会在不同的阶段，看到不同的风景、不同的人和事，也会收获不同的欢喜与苦难。而我们所经历的所有的过往，都是必然！无论是被善待还是被欺骗，无论是欢喜还是悲伤，只要在当时发乎于心，内心纯净而欢喜，那就是美好的。

昙花，在一瞬间绽放与凋谢，但谁也不能否定它的美！

无论古今，词人只有在情感丰盈充沛时才能写出超然世俗的千古绝唱！如果创作不是发乎于心，即便是才高八斗，写出的东西也只是没有生命力的应酬之作。人的情感、情绪是瞬息万变的，但只要我们在创作中以敏锐之心捕捉初心之纯净、之美好，即使自己呕心沥血所美誉的人和事物后来发生了裂变，那也是值得的！因为，某些人、某些事，在某一个时间节点，给予过自己最曼妙的欢喜与憧憬，腾升过内心最纯净、丰盈的情绪，激发过自己最强烈的灵感，这就是弥足珍贵、可以珍惜与收藏的！

旧体词，自宋词至今已有上千年的历史，无论今人喜欢或不以为然，它依然以超越任何文体之美妙而历久弥香。

《送归鸿》的创作灵感，源于二〇一八年八月二日天边的那轮明月。那天夜晚，月亮泛着一轮玫瑰金色的光环，月色牵引我登上顶层露台，在月光下品饮朋友姐姐酿造的红酒。微醺时，我吟诵出有生以来的第二首词。在吟诵时，我看见一只大雁飞驰而过，在夜空发出一声鸣唱。我想，那可否是纳兰容若的精魂在孤寂中悲鸣？那一刻，仿若纳兰容若横空出世，仿佛一个绝世清奇、不染尘埃的知音穿越而来……

从此，我便一度迷恋上旧体词，并代入词心、诗境，而情不自禁的自我感动！

自我感动，是一种很奇妙的体验！把一种憧憬与念想，把一个完全不存在的影像，投入心灵在创作中逐渐完善、美化！真实相信美好之所在，在感动中沉入词心、诗境，在感动时捕捉创作之灵光，直至这种奇妙的代入感漫漫淡化、消亡……

自二〇一八年七月二十二日吟诵出《蝶恋花·今何处？》至二〇一九年七月二十七日封笔旧体词，历时一年零五天的时间，我创作了六十首发乎于心的旧体词（外两首是应邀写的）。这一年零五天，旧体词让历来理性的我，淡忘了人间烟火味、不知今夕何夕，沉迷创作与文字开心或伤感、与文字欢笑或悲泣……

《送归鸿》是我写的第十本书，十是一个非比寻常的数字，但我知道它不可能十全十美，也不奢求十全十美。

我知道，这个世界没有任何一件事物能十全十美，但这并不防碍我们对美的向往与追逐！

影　　60cm × 50cm / 油画

图书在版编目（CIP）数据

送归鸿：王雪娃词画集 / 王雪娃著 .—长沙：岳麓书社，2021.5

ISBN 978 — 7 — 5538 — 1202 — 1

Ⅰ.①送… Ⅱ.①王… Ⅲ.①词（文学）—作品集—中国—当代 ②油画—作品集—中国—现代 Ⅳ.①I227.8

中国版本图书馆 CIP 数据核字（2021）第 088507 号

送归鸿

王雪娃词画集

SONG GUIHONG: WANGXUEWA CIHUA JI

著　　者　王雪娃
责任编辑　王文西
责任校对　舒　舍
装帧设计　绿光视觉艺术工作室
出版发行　岳麓书社出版发行
地　　址　湖南省长沙市爱民路 47 号
直销电话　0731 - 88804152　0731 - 88885616
邮　　编　410006
版　　次　2021 年 5 月第 1 版
印　　次　2021 年 5 月第 1 次印刷
开　　本　640mm × 960mm　1/16
印　　张　8.5
字　　数　66 千字
ISBN 978 - 7 - 5538 - 1202 - 1
定　　价　80.00 元
承　　印　雅昌文化（集团）有限公司